ESTUDO PARA AUTO-RETRATO

(POEMAS)

TELO DE MORAIS

ESTUDO PARA AUTO-RETRATO
(POEMAS)

COIMBRA

*À Maria Emília, com amor e gratidão
pelo dedicado desvelo ao longo de tantos
anos de matrimónio.*

Prefácio

Hesito em utilizar, a propósito destes poemas, a palavra radiografia, receando cair numa fácil identificação do poeta com a actividade profissional que exerce. E, contudo, não serão eles imagens radiográficas dum coração que pulsa na lembrança de emoções passadas e presentes, duma mente perplexa e angustiada e duma alma sedenta da plenitude do nada?

E isto, numa grafia sem subterfúgios verbais, onde claridade e sombras se conjugam para desenhar um perfil de discreta e magoada intimidade.

É precisamente essa autenticidade que se comunica ao leitor, tenha ou não passado por dúvidas e perplexidades idênticas.

Andrée Rocha

Introdução

Cansado de longos e trabalhosos anos de profissão, de assistir, quantas vezes inoperante, ao sofrimento humano, de constantes publicações sobre a especialidade, as últimas das quais ainda em curso, de inúmeras conferências, embora, sobretudo as mais recentes, versando temas das Artes Plásticas, em particular a Pintura, resolvi parar. Definitivamente.

Então, quase por acaso, sem que previamente tivesse programado tal incursão, dei por mim, atónito e desamparado, no mundo, nunca antes percorrido, tão subjectivo e melindroso, que é a Poesia.

Valeu-me o incentivo de uma ilustre Amiga e grande Senhora, que levou a sua gentileza ao extremo de me honrar com o lúcido e sagaz Prefácio deste meu pequeno livro. Por tamanhos favores, aqui expresso, com a maior admiração, caloroso reconhecimento à insigne Professora Doutora Andrée Rocha. Bem-haja.

Quanto ao conteúdo destas páginas, em consonância, aliás, com o parecer emitido no Prefácio, destacam-se o amor, contemplativo ou saudoso, as dúvidas, as interrogações de índole existencial. Luzes e sombras, vida e morte.

Segundo o meu prezado e culto Amigo, Prof. Doutor António Pedro Pita, que também me honrará com a sua abalizada opinião aquando do público lançamento destes poemas, no seu todo, constituem «uma estrutura narrativa inteiramente centrada no eu».

Trata-se, de facto, de um desfiar de emoções e sentimentos respeitantes a alguém exteriormente comunicativo e alegre, mas interiormente bastante silencioso e melancólico.

Telo de Morais

… … …

Vela
De moinho de vento
Presa ao chão, a voar.

Miguel Torga

Definição

Poesia,
Acima de tudo,
É manifestação de vida.

É modo,
O melhor,
De estar no mundo,
Processo ímpar
De comunicação,
Lugar de diálogo,
Caminho de liberdade.

É sonho e realidade,
Alienação e compromisso,
Certeza e dúvida,
Alegria e dor.

Poesia é coerência,
Mesmo na contradição,
Encontro,
Mesmo enquanto busca.

Tanto se caracteriza
Pela premeditação
Amadurecida,
Como se define
No automatismo
Inconsciente
Do gesto.

Grava-se na lápide
Com ambição do eterno,
Ou inteira se entrega
Ao acontecimento
Que passa.

Mas é,
E será sempre,
Intervenção sincera
E acto de amor.

Talvez

A flor
E a madrugada
Caíram no teu regaço.
Onde plantas tanto sossego
Em noites fora do tempo?
A corola já abriu!
Vem ver o milagre — ele é só teu.

Amanhã,
No cimo da montanha,
Estarei à tua espera.
Novamente.

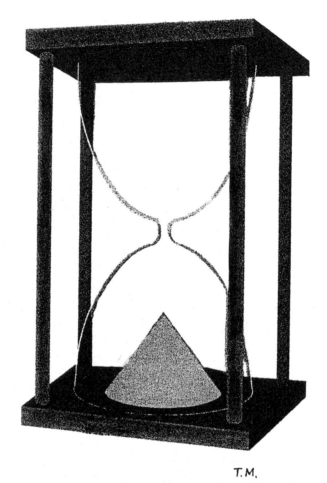

Para sempre

Docemente
Em noites de luar
O cinzel da memória
Esculpiu a tua cara,
O teu corpo.

Pela fria madrugada
Nos olhos cansados
Gotas de orvalho
Escorrem como lágrimas.

Na pedra afagada
Pulsa ainda o eco
Do passado.

Crê que não te esquecerei
Amor,
Porque, desde que partiste,
O tempo em mim
Parou.

Evasão

No teu olhar
Eu atinjo o infinito
Onde me aqueço
E esqueço.

Uma outra realidade
Uma vida outra.

Aí, eu encontro a liberdade
Total e perfeita,
Sem as horas do relógio
As exigências do corpo
Nem sequer as do espírito.
Aí, só há silêncio
Uma serenidade completa, eterna,
Própria de Deus.

E, então, eu me pergunto
Se existo.
Ou mesmo tu!

Rumo

O longe da infância
Cheira a rosmaninho e alecrim.
Brisa de alento
Na sombra cansada
Que sou.

No pergaminho da minha pele
A custo leio
Os signos que o destino traçou.
Tudo o mais foi no vento
Insensível, agreste, talvez cruel.

Agora, no hoje,
Só tu me restas, Mulher!

Serás capaz de me seguir
Através do nada
A que me sinto reduzido?
Será possível escutares o meu silêncio,
Adivinhares que o meu,
O nosso rumo,
Está na Esperança
Para além do infinito
E do tempo?

Miragem

Vejo-te nua
Ainda sem a fome
Da maçã,
Nem o brilho do pecado
No olhar.
Teu corpo majestoso,
Estátua grega que resplandece
À doce luz do sol-poente.
Dominadora e perfeita,
És a imagem que sonhei
No frémito da adolescência.

Se existes para o mundo,
A quem entregas tanta beleza?
Não ao meu desejo de agora,
Paciente e calmo
Como as águas do lago
Em que te espelhas.

Por isso, longamente,
Apenas te beijo
Nua,
Fria e distante,
Tal como és.

Acto de fé

A terra treme,
As trevas cobrem o monte
E, lá no alto,
O Homem pregado no madeiro
Agoniza.

Eu não estava lá.

Três dias depois,
Dizem,
A enorme pedra move-se
E o túmulo
Resta vazio.

O povo incrédulo
Jamais entenderá.
E o encontro, a visão de Madalena?
E a ceia de Emaús?
E as línguas de fogo da Sabedoria,
Pentecostes universal?

Acordo,
Abro os olhos.
Um feixe de luz inunda o calendário.
Foi apenas há dois mil anos,
Lembro-me tão bem.

Afinal, eu estava lá.

Tudo aconteceu por mim ...

Foz

Rio de prata líquida
Que atravessas,
Afoito,
Continentes de imobilidade
E complacência,
És a minha imaginação!

Riqueza maior não tenho,
Nem quero.

Mas esta sede do que não vejo,
Esta fome de infinito,
São mais fortes
Que o próprio existir.

E às vezes, muitas vezes,
O rio
Parece chegar à foz
E conhecer descanso
No seio
De um oceano refulgente.

Deus?

De que pátria vens?

Como a noite
Morre
Para que o dia
Nasça,
Assim eu
Me apago
Quando tu chegas.

És a luz,
A bússola
Que orienta
Meus passos
Vacilantes
No precipício
Existencial.

És a música
Das palavras
Vivas
Que, sedento,
Bebo
Até ao último
Som.

Sinto-me,
Na tua presença
Tão lúcido, tão seguro,
Não fora esta incerteza
crucial.
De que pátria vens?
És um ser humano,
Ou um ente divino?

Ou és apenas fruto
Da minha inquieta
Imaginação?

Lírios Roxos

Lírios agonizantes,
Sem Páscoa possível,
Sois a dor
De roxo vestida!

Flores maceradas do Calvário,
Fieis companheiras do silêncio,
Adorno perfeito da morte,
Sois como os gélidos crisântemos
Sobre os túmulos dos finados.

Quanto vos detesto e vos temo,
Ó insensíveis testemunhas
Do sofrimento humano!

Eu quero morrer numa tarde de verão,
No fim da tarde,
Quando o sol em brasa
Declina no horizonte.
À hora do toque das trindades,
Ao acender das luzes da cidade.

O ar estará quente,
A terra acolhedora.

Então,
Alguém há-de cobrir-me
Das perfumadas flores estivais.
E, assim enfeitado,
Hão-de oferecer-me ao fogo,
Até que as chamas famintas
Devorem todo o meu pobre corpo.

Depois,
As cinzas que restarem
Irão nos braços do vento,
Porque o vento é meu amigo
E, com ele,
Eu quero partir.

Sem caixão a apodrecer
Ou lápide a estorvar,
Sem a vossa fúnebre companhia,
Lírios roxos,
O corpo de delito que eu fui na vida
Desaparecerá na eternidade.

Sem deixar rasto.

Ciúme

No silêncio da vigília
Investes furiosamente
Contra os moínhos-mulheres
Que eu nunca possuí
E, nem sequer, desejei.

Sofres, depois,
O extremo desalento da viúva
Sem cadáver para chorar.
Sofremos, assim,
O sofrimento um do outro.

Será que algum dia
Chegues a saber
Que, neste caminho sem rumo,
Feito de coisa nenhuma,
És só tu,
Afinal,
Que segues a meu lado?

À beira-mar

Agora,
Sopra com insistência
Um vento agreste
Que varre a costa.
O sol é frio,
As gaivotas são outras.
Lentas e tristes,
Soltam pios perdidos,
Inúteis,
E passam sem me olhar.

Antigamente, sim,
A areia era dourada
E cintilante,
Coberta de castelos
E de fantasia!

A maravilha e o encanto,
Sei que ainda existem,
Mas os meus olhos doridos
Já os não vêem.

O feliz ontem
Da infância descuidada
Não mais voltará.

O Mundo de Ana

Em grupos
Corpos, corpos humanos
De nudez ocre rupestre
Na imobilidade cristalizados.

Mais estar do que ser,
Lassidão e penumbra
De alcova milenar.
Cenas mudas, paradas
Em torpor definitivo,
Linhas, ângulos da geometria
Ou de culta sensibilidade.

Num silêncio total,
Com ambição do eterno
Tais pirâmides de Gizé
Ou loucas sepulturas de Xian,
Ponte estreita entre a vida e a morte.

Que belo se torna este infindo abraço
De Eros e Thanatos!

Por favor, Ana,
Continua a pintar assim.

Catulo da Paixão Cearense

«O Sol e a Lua» são teus
Só teus.
Como tu, ninguém melhor
Os cantará.
Versos tangidos nas cálidas noites
Do sertão brasileiro.

Mil odores trazidos pela brisa,
Mil insectos a zunir
Ao ritmo dos acordes
Do teu fiel violão.

A luz de oiro, o luar de prata
Ficaram cativos no fascínio
Da magia sublime e singela,
Incomparável,
Dessa rara poesia que é tanto
Do Ceará
Como do mundo inteiro,
A um tempo
Telúrica e cósmica,
Estelar.

«Poemas bravios»
«Mata iluminada»
E outros mais cânticos sertanejos
São as puras gemas do teu legado,
São o fruto doce do teu génio
Singular.

E agora,
Alguns de nós,
Porque te conhecemos
E recordamos,
Quando a escuridão nos envolve,
Logo procuramos, ávidos,
A tua luz.

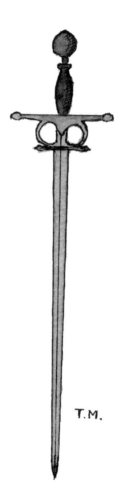

El-Rei Saudade

Porque o nevoeiro é berço
De mistérios e segredos,
Tu chegarias numa manhã
De poalha redentora.

Afinal,
A esse teu povo fiel
Simples e saudoso
Alheio ao passar dos anos,
Dos séculos,
Decidiste não voltar.

Para mim,
Que te conheço, era eu menino,
Se é verdade que partiste,
Permaneces vivo
No fascínio da louca aventura
Que ainda me acena.
Circe irresistível,
Forte atracção do abismo
Que dia a dia
Se me oferece.

Bem-hajas, gentil-homem
Adulta criança
Pelo sal da insensatez
Que o sonho contém.

Vem, amor

Doem-me os olhos de chorar
A tua ausência.
Na escarpa das palavras
Emudeço.

Agora tão distante,
Serás a estrela que risca o céu
Perdida?
A sinfonia terminada
Que não ouço?
Cume acima das nuvens
Que não vejo?

Partiste de inesperado
Sem aviso nem adeus
Numa espiral de puro anil
Numa onda enorme de luz.

Como cego,
Aqui me quedo sem rumo
Sumido na multidão indiferente
Que me esmaga
E sufoca.

Sinto-me só,
Irremediavelmente só.

Sem ti
Sem a tua terna presença
O calor dos teus lábios
A chama do teu corpo,
Não quero mais a vida.

Amor,
Vem buscar-me.
Depressa.

Mea culpa

Dentro de mim há um mar
De limites
Que desconheço.

Volúvel e imprevisto
Capaz das mais fortes tempestades
Turbulentas, rebeldes,
Até à suave calmaria
Que o céu azul
Cobre com enlevo.

É o tempo das estranhas melodias
Trazidas pela brisa
Em que as sereias
Entoam cânticos de louvor
Ao deus Neptuno.

Velas que atravessam,
Vagarosas,
O horizonte em fogo,
Aurora boreal dos quadros
De uma romântica avó.

Mas,
Quando, súbita,
A borrasca de enxofre cai
E as águas se encrespam com violência
Nas vagas da ira
Naufrago e sucumbo,
Roda de leme abandonada
À sua própria culpa.

Depois,
E sempre,
O travo amargo da derrota,
De uma secreta vergonha.

Até que,
Mais tarde,
A calmaria bonançosa
Me devolve a paz desejada.

Paixão adolescente

Tenho um segredo
Que não digo,
Uma história
Que não conto,
Uma paixão
Que não confesso.

Como gato de espuma
E de silêncio,
Quase paralisado
Me escondo
Na sombra opaca
Do presente,
Pacientemente esperando
A contingência do futuro.

Não fosse este medo
Que me tolhe
Este pudor
Que me cala,
Saltaria, afoito,
Para o palco
Da vida.

Inundado de luz
E arrebatamento,
Para que tu
E todo o mundo soubessem,
Haveria de gritar
Até à exaustão:
Amo-te, querida!

As tuas mãos

As tuas mãos esguias
Afiladas
Como lanças,
Perfuram meu pensamento
Mil vezes
Em cada dia.

Muito leves, muito ágeis,
São asas de andorinha,
Borboletas estivais
Em constante esvoaçar
Na gaiola dourada
Que é o cofre
Do meu peito.

Se as minhas
Ficam exangues,
Nas tuas
Encontram calor,
Calor de bem-querer.

Oxalá,
Pelos espinhos do destino
Nunca escorra sofrimento
Nas tuas mãos
Tão esbeltas.

Mas,
Se a adversidade chegar,
Entre as minhas,
Sempre prontas,
Acharão o mais terno
O mais seguro refúgio.

Só tu

O estertor do dia
Afogueia
O teu rosto.

Sombras que alastram
Sobem às casuarinas
Calando, de súbito,
A insistente melopeia
Das cigarras.

Com o cair da noite
Apaga-se o fulgor
Das acácias rubras
E o teu rosto
É agora
Uma silhueta quente,
Misteriosa.

No "muceque",
Corpos negros
Reluzem esquivos
Como lâminas.

O pólen do desejo
Cobre a cidade inteira,
Enebriada e arfante
De amor e sonolência.

Da baía rasa,
Amplamente aberta
Ao oceano,
Tal ventre de mulher,
Vem o cheiro fresco
Da maresia.

Assim,
Tão feminina,
Tão bela e sedutora,
Só tu,
Luanda!

Rainha de mim

No murmúrio da noite
Entre a vigília e o sonho
Penso em ti.
Pela janela aberta
Entram as estrelas
E o perfume
Da madressilva.

Quantos, quantos verões
Já passaram
Depois da nossa louca,
Desmedida aventura,
Atravessando searas
Da cor
Dos teus cabelos,
Bebendo sóis
Das nossas bocas
Insaciáveis?

Rainha de mim,
De grinalda de flores
Coroada,
Na orla do bosque
Jurámos amor
E fidelidade.

Chegou, então,
Aquele inverno.
Vestida de noiva,
Num reino distante
Te esconderam.

Será que me esqueceste?

A nau

Como é já grande
A nau dos meus mortos!
Aí vai ela,
Navegando tranquila
No céu azul,
Bem acima do horizonte
Em brasa.

Nem a espessura encapelada
Das nuvens,
Os ventos uivantes,
Ou o estrondo do trovão
Serão capazes de perturbar
A sua majestosa serenidade.

De todo o velame
Irradia uma luz forte
De tons róseos
Que me cega os olhos
Mas que, no entanto,
Me permite ver
Os seus estáticos ocupantes.
Emocionado,
Reconheço nitidamente
Todos eles.

Em cada semblante
Paira um sorriso benevolente,
Cúmplice,
Mas enigmático.
Invade-me a sensação
Um pouco dolorosa
Que têm urgência em me transmitir
Qualquer mensagem,
Algo de importante.

Porém,
Nenhuma voz
Consegue romper
O esfíngico silêncio
O quedo mutismo de estátuas
E eu sinto-me sem capacidade
De adivinhar o mistério.

A nau dos meus mortos
Afasta-se rumo ao poente
E, em breve,
Mais não será
Que uma gema de cristal
Brilhando ao longe.

É uma incógnita a sua rota,
Insondável o seu destino.
Todavia,
E ainda que ela não obedeça
Ao calendário,
Sei que há-de voltar.
Será para levar
Alguém do meu lar
Uma criança, um adulto,
Eu próprio.

Então,
Quando eu embarcar,
Empreenderei a grande viagem astral
Em direcção ao Infinito
E, depois, mais ninguém
Terá notícias dela.

Sincelo

No tecto da memória
Mora
O mais frio inverno.
Ao raiar do sol
Surge,
Inesperado e deslumbrante,
O cristal do sincelo.

Beleza sem par
A desse Natal serrano.

Lareira
Onde as chamas
São rostos austeros
Dos antepassados.
Histórias de encanto,
Reais ou imaginadas.

Família!

Aqui,
Mais ao sul,
Onde o frio não chega
E a idade tudo muda,
Só resta
O calor da saudade.

Deiscência

Eu sou um casulo
De fibras humanas,
Vibráteis,
Não de fios
De bicho da seda.

A erosão do tempo,
As exigências da vida
Abriram fendas,
Deixaram cicatrizes
Por fora
E por dentro
Do casulo
Que sou.

Desta gasta couraça,
Tão pobre e vulnerável,
Sairá
Em breve
Uma jovem borboleta.

Imponderável,
Liberta,
Transparente,
Invisível,
Voará, voará
Para além do mar,
Da terra,
Do espaço,
Em direcção à claridade
Total.

Até encontrar a morada
Definitiva
Da paz e do bem.

Nasci num octógono

Nasci num octógono
Perfeitamente regular.
Não numa figura abstracta
Do compêndio de Geometria,
Mas na que foi
Outrora
Fortaleza romana.

Cava de Viriato,
Terra fértil
De leite e de mel
Onde,
Entre a verdura,
Casas brancas
Poisaram em bando
Como pombas.

Cachos de glicínia
Estames de oiro,
Doces frutos,
Doces aromas
De magnólia,
Tília, canela
E framboesa.

Naquele fim de tarde,
Sob o trinado dos pássaros
E do fresco caramanchão
Ornado de rosas,
Tu, avó Violante,
Estalavas grandes pétalas
Na minha fronte
De menino.

Foi quando,
Num ricto de dor
Logo convertido
Em terno sorriso
De último adeus,
Tombaste
Sobre o açafate.
Para sempre.

Lembras-te?

A fonte

Mãe,
Daí, onde estás,
Perto ou longe,
Não sei,
Diz-me
O que é a morte.
Ou, antes,
Diz-me
O que é a vida.

Existo para quê?
Talvez para amar.
O quê, a quem,
Tudo e todos?

Será que a capacidade
De amar
Que me deixaste
Se esgotou?

Ensina-me
O contínuo
Renovar
Do amor.

Se é que estás,
Como espero,
Junto da fonte.

Miguel Torga

Nasceste pobre,
Entre fragas,
À sombra de um negrilho
Para, já figura nacional,
Seres excelso convidado
À mesa do rei.

No teu rosto anguloso
De olhos encovados
Negros e perspicazes,
Que varavam os seres
E as cousas,
Tu eras, e és,
A «águia a picar estrelas
Nas alturas».

Sinal de contradição,
Não de contradições,
Lutaste contra ti próprio
Até que a tenacidade da *urze*
Acabasse por vencer
A dureza da *rocha*.

Humildade, e não arrogância
Fraternidade, e não egoísmo
Perdão, e não vingança.

«Orfeu rebelde»
Telúrico e cósmico,
Mestre da palavra
Precisa e definitiva,
Converteste a realidade pátria
Em dimensão ibérica
E depois universal.

Desafiaste o abuso do poder político
E até mesmo a atitude de Deus
Na sua aparente indiferença
Perante as injustiças,
As guerras,
Os aleijões do mundo.

Porém,
Talvez porque te não preocupaste
Com a força das entrelinhas,
Embora sempre lucidamente
Polémico,
E, tantas vezes,
Discordante,
Mais que um crente
Insubmisso,
Foste um poeta místico,
Sincero e genial,
Que cedo encontrou
No pobre de Assis
Um verdadeiro Irmão.

Para ti, que me lês

Este poema
É para ti
Leitor.

Ao entrares
No meu mundo,
Vais apoiar
Ou rejeitar
Aquilo que escrevi.

Vais, pois,
Ajuizar.

Tenhas, ou não
Disso consciência,
Invades comigo
A convencional fronteira
Da imaginação criadora.

Confidente,
Mas,
Talvez não coincidente,
Passas
A meu companheiro
De jornada.

Por tal motivo
Te dedico
Este poema.

De cor

Sei o teu rosto de cor,
Sei de cor o teu rosto
De cor.

O tom mestiço de trigo,
O odor a feno
Da pele,
O vulcão dos teus lábios,
Incandescem
Os meus sentidos.

Peço-te, amor:
Volta no primeiro grito
Da alvorada,
Na primeira onda
Do mar.

Nome

Maria,
Nome que eu amo.

Cinco letras
De um símbolo.

Bastante
Para mitigar
A sede que tenho
Do mito
Ou da realidade
Que é a mulher.

Desalento

Às vezes,
Quando a fé
Esmorece
E o amor
Parece ausente,
Vivo sem saber
Porque vivo.

Viveiro de dúvidas
E angústias,
Deixo correr
A vida
Sem convicção,
Mas por obrigação
Humana
Ou desumana
De viver.

Lágrimas

A lágrima
Que escorre,
Lenta,
Pela tua face
É apenas
Uma gota
De água e de sal.
Nada mais.

No verde azulado
Dos teus olhos
Há um mar
Sem fim,
Capaz de afogar
A minha fraqueza.

Para poder lutar,
Só me resta
Beber com coragem
As minhas próprias lágrimas
De sangue
E sofrimento.

Loucura

Sem loucura,
Não há heróis
Nem poetas.

Sem golpes de vento,
Não há velas
Enfunadas
Que aportem
A destinos
Que os outros
Desconhecem.

Sem as asas
Do sonho,
Não se atingem
As alturas
Da beleza
Criadora,
Aos outros
Inacessível.

Sem loucura,
A flor murcha
O rio seca
O amor fenece
O mundo acaba.

Contigo vou

Dá-me a tua mão
Como se ela fosse
O meu bordão.

Apoiado a ti,
Vou ao lado de lá
De todos os fins.

Onde a semente
Se torna lava
E os rios
Não chegam.

Contigo vou
Até ao avesso
Da vida,
Onde a existência
Começa
E acaba.

Alfa
E omega
Em fusão
No cadinho
Do universo.

Uma letra

Entre a vida
E a sida
Apenas uma letra
De diferença.

Entre a sorte
E a morte
Uma letra
Também.

Maldita ortografia!

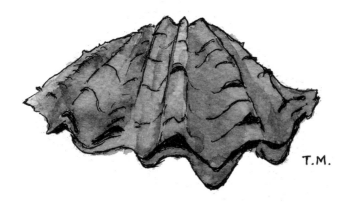

Sandro Botticelli

Como escultor,
Da argila
Deus fez o homem.

Pintor de ofício
E de talento,
Botticelli criou
A mulher.

Mulher jovem,
Hoje apenas
Com meio milénio
De idade!

Beleza perene,
Loiros cabelos
Serpenteantes,
Corpo de linhas puras
Virginais.

Olhos azuis do mar
Olhos azuis do céu,
«Vénus»
Ou «Primavera»,
O mesmo sopro
Genial.

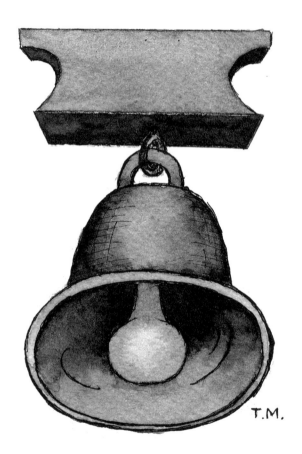

Adágio

Ouves os sinos
Na torre da igreja?
Dobram por mim,
Pelas minhas penas
Passadas e futuras.

Badaladas
Em adágio
De um coração
De bronze
Que tange
Dorido
E derrama
Meu pranto
Pela planície
Desértica.

Até morder
O topo das serras,
Deixando
De luto
Toda a Natureza.

Pablo Picasso

Desenhada com frenesi,
Pintada com tinta,
Sangue e sémen,
A tua obra
Põe a nu,
Disseca
E exalta
A primazia do corpo,
Na sua animalesca
Condição humana.

Moderna mitologia
De mulheres lascivas
E grotescas
Que se entregam
A faunos possantes
Como toiros.

Se Greco
Representou a temperança
Da Espanha piedosa,
Tu cantas a luxúria
Da Espanha sensual.

Conforme bem sabes,
Mais pecador que santo,
Alcançaste o favor
Dos céus
Com a força indomável,
A sinceridade
E a coerência
Da tua Arte.

Tal como a rosa

Tal como a rosa,
Possuo raízes
Entranhadas na terra.
A seiva da vida
Também me percorre
E tenho espinhos
Que ferem fundo
E fundo me ferem.

Que sabe a rosa
Da sua beleza,
Da cor das pétalas,
Do perfume que exala?

E eu, que sei de mim?
Terei consciência
De quem sou?

Incapaz de odiar,
Serei capaz de amar,
Amar até ao fim
Dos fins,
Onde amor e morte
Num todo se unem?

Da imensidão do Cosmos
Que parcela me cabe,
Quais os limites
Do meu universo?

De mim, nada sei.
Tal como a rosa,
De pétalas macias
Que hão-de cair
E hão-de voltar,
Cumprindo o ritmo
Da mãe Natureza.

Até ambos morrermos
Na ignorância
Total.

Janela

Abre a janela,
Abre-a bem,
Apura
Os sentidos
E deixa entrar
A Primavera.

Esquece o Cambodja,
As guerras,
As atrocidades.
Esquece que, de fome,
Morrem milhares
De seres como nós.

Mas,
Se não fores capaz
De apagar
Da tua memória
Que sangra,
Toda a miséria
Desta geração
Amaldiçoada,
Se a vitória

Do ódio
Extinguiu a esperança
Que sempre tiveste
No homem novo,
Fecha a janela,
Fecha-a bem.

Cá dentro,
Na escuridão
Invernosa e triste,
Ajoelha,
Reza
E chora comigo.

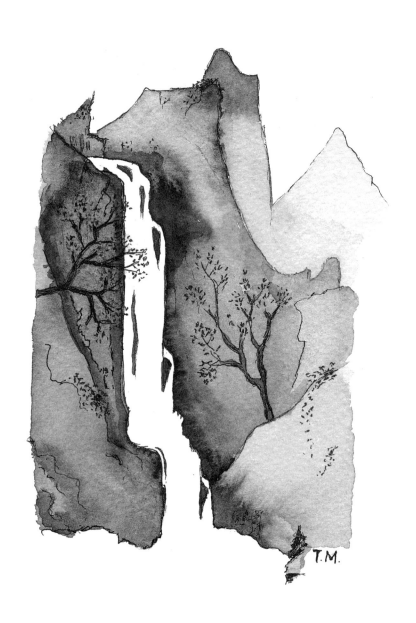

Pelo arco-íris

Na pedra dourada,
Junto à cachoeira,
Onde está encastoado
O fóssil
Da minha juventude,
Nasce o arco-íris.

Sacra auréola
Que circunda a montanha
Para ir poisar
No mais puro
Capitel
Da imaginação.

Um dia virá,
Eu sei,
Em que nas cores
Do arco-íris
Chegarei à vertente
Da luz,
Na qual o sonho
E a fantasia
São sabedoria
E verdade.

A partir daí, convertido
Num outro eu,
Serei feliz.

Basta uma flor

Malmequer
De bem querer
Que prendo
Nos teus cabelos,
Carta de amor
Sem palavras,
Supérfluas
Para ti.

O esperanto
Do olhar,
A música
Do silêncio,
São o diálogo
Que há longos anos,
Mais de quatro décadas,
Diariamente encetamos
Numa conversa atenta
E sem fim.

Quinta dimensão

Como eu gostaria
De escrever
Um poema
Único,
Definitivo,
Sem palavras.

Um poema
Só inteligível
Pela sensibilidade,
No extremo
Mais agudo
Do sentimento
Humano.

Mais abstracto
Que o mundo
De Piet Mondrian,
Mais puro
Que o som
Do violino
De Paganini.

De percepção
Ultravisível,
Ultrassónica,
Como o morcego
Que voa nos céus
Da quinta dimensão.

Queria,
Oh se queria!
Que todos entendessem
A significação
Da cada batida
Do meu coração.

Ponte submersa

Ponte submersa
Sou eu.

Anseios
Não satisfeitos,
Paixões
Não confessadas,
Frustrações
E fracassos,
Fizeram de mim
Um ser obscuro,
Sem missão
A cumprir.

Submerso pela avalanche
Da vida
E, sobretudo,
Pela aceitação submissa
Do meu próprio destino.

T.M.

Previsão a médio prazo

O planeta Marte,
Soube-se agora,
Morreu
Há milhões de anos.

Quantos faltarão
Para que a Terra,
Com buracos
De ozono,
Rios e mares
Poluídos,
Faleça
De insuficiência
Respiratória
E circulatória?

E terão de comum
O infalível ADN?

Meras especulações
Para quem,
Como eu,
Cá não deixa
Semente perecível.

Postal ilustrado

Jovem sonhador,
Descobri-te
Num postal ilustrado.

Olhos úmidos
De infantil alegria,
Tranças de loiro âmbar,
A tua serena beleza,
Causaram em mim
Tão forte emoção
Que, desde logo,
Te elegi
A filha modelo
Que haveria de ter.

E logo te dei o nome
De Ana Maria.

Na verdade,
Faltava ainda
Encontrar-te mãe.

Com o decorrer do tempo
E casamento consumado,
Por ti esperei
Ano após ano,
Mas nunca quizestc nascer.

Primeiro,
Uma certa amargura
Depois,
Alguma desilusão.

Hoje,
Comparando o encanto
Do mundo de então,
Com esta nossa tristeza,
Sei que decidiste bem.

Império da violência,
Da morte «matada»,
Da droga,
Violações,
De aberrações incensadas,
Basta a minha angústia
E a da que seria
A tua sempre preocupada
Mãe.

Hoje, Ana Maria,
Tu mais não és
Do que a nostalgia,
A ingénua recordação
Das secretas visitas
À gaveta em que te escondia
De olhares impuros.

E, ia lá
Para deixar
Beijos de ternura
E de esperança
No teu cândido rosto
De papel.

Utopia

Na vida
Ou
Na morte,
Ninguém é
Dono
De ninguém.

Núcleo

Não quero partir
Sem te deixar
Um poema.

A ti,
Que moras
Dentro de mim
Sem que eu
Te conheça.

Serás um tesouro
Que jaz
Quase esquecido
Nas profundezas
Do íntimo?

Serás, ainda,
Uma torrente
De sabedoria
E de luz,
Capaz de voar
A alturas
Que me transcendem?

Tu,
Que não és
Nem corpo
Nem alma,
Só podes ser
Espírito.

Ensina-me,
Embora já tarde,
A invocar
A tua ajuda.

Sempre.

À beira do abismo

O vento norte
Traz-me
A tua imagem
Etérea,
Rarefeita.

Sombra
Que se escoa
Entre os ramos
Ressequidos
Da memória.

Subtil carícia
Que tenta preencher
A vazia escuridão
De homem
Anónimo
E solitário.

À beira do abismo
Pela minha mente
Torturada
Construído,
Já nem a tua imagem
Me pode salvar.

Quase insensível,
Quase inerte,
Tranquilamente aguardo
A vinda libertadora
E misericordiosa
Da incansável
E sempre pontual
Ceifeira.

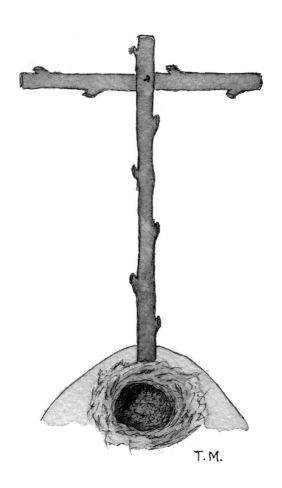

Retorno

Na quentura do teu regaço
Encontro a paz
Que procuro.

Num regresso ao ventre materno
Torno-me um não-ser
Que existirá.
Ainda teus braços-lianas
Não me embalam com desvelo,
Ainda meus olhos toldados
Não distinguem a beleza
Da tua face,
Mãe!

É noite,
Silêncio,
Nada.

Já não sinto a força e a atracção,
A avidez dos teus braços envolventes.
Já meus olhos não te vêem com nitidez
Mas,
Na quentura do teu regaço,
Encontro a paz
Que procuro,
Ó Morte!

ÍNDICE

Definição	13
Talvez	17
Para sempre	19
Evasão	21
Rumo	23
Miragem	25
Acto de fé	27
Foz	29
De que pátria vens?	31
Lírios roxos	35
Ciúme	39
À beira-mar	41
O mundo de Ana	43
Catulo da Paixão Cearense	45
El-rei saudade	49
Vem amor	51
Mea culpa	55
Paixão adolescente	59
As tuas mãos	61
Só tu	63
Rainha de mim	67
A nau	69
Sincelo	73
Deiscência	75
Nasci num octógono	79

A fonte	83
Miguel Torga	85
Para ti, que me lês	89
De cor	91
Nome	93
Desalento	95
Lágrimas	97
Loucura	99
Contigo vou	101
Uma letra	103
Sandro Boticelli	105
Adágio	107
Pablo Picasso	109
Tal como a rosa	111
Janela	115
Pelo arco-íris	119
Basta uma flor	121
Quinta dimensão	123
Ponte submersa	127
Previsão a médio prazo	129
Postal ilustrado	131
Utopia	135
Núcleo	137
À beira do abismo	141
Retorno	143

Execução Gráfica
G.C. – Gráfica de Coimbra, Lda.
Novembro de 1997
Depósito Legal n.º 118404/97